BERNARD BONAFOUX

De l'Académie des Poëtes.

LES
NOUVEAUX SONNETS
DE PROVENCE

Deuxième et dernière Partie

Prix : 1 Franc

SE VEND

DANS LES PRINCIPALES LIBRAIRIES DU MIDI

1875

DU MÊME AUTEUR

POUR PARAÎTRE SOUS PEU

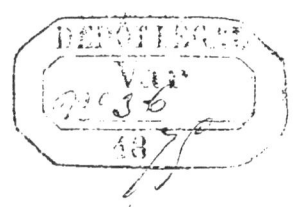

LES

NOUVEAUX SONNETS

DE PROVENCE

PAR

BERNARD BONAFOUX

Deuxième et dernière Partie

SONNET & CHANSON

Le Sonnet à la mode est, dit-on, revenu ;
J'en suis très-satisfait, et ce serait louable
Si comme nos aïeux on essayait, à table,
De le faire mousser à la fin du menu !

Il voulut déserter, — ce fut très-regrettable :
De se perpétuer il n'était pas tenu ,
Mais puisqu'il nous revient comme un hôte connu ,
Tachons que son succès soit à jamais durable.

La Chanson n'a pas craint de faire comme lui :
Elle nous a quittés, à bon droit elle a fui
Nos cœurs trop asservis à la vile matière.

Reviendra-t-elle un jour? Ne désespérons pas
D'entendre nos enfants joindre, dans leurs ébats,
Le Sonnet amoureux à la Chanson guerrière.

A UNE MONDAINE

Amis, n'en doutons point, la Muse est prophétesse.
JEAN REBOUL.

Vous persistez, Madame , à faire reproduire
Dans un cadre doré vos traits si délicats ;
Avec cette œuvre d'art espérez-vous séduire ,
Enchaîner tant de cœurs qui ne vous aiment pas ?

Cette ruse plus tard ne pourra que vous nuire ,
Vous susciter surtout de bien grands embarras :
Lorsque le temps viendra sans pitié pour détruire
De vos seize printemps la grâce et les appas.

Je ne suis pas voyant , encore moins prophète ,
Et me crois tout au plus un bien pauvre poëte ,
Mais je dis que pour sûr tombera votre orgueil

Dans un lit d'hôpital !... Pour que Dieu vous pardonne,
Du prix de ce portrait, faites donc une aumône,
Ou qu'il serve à payer un jour votre cercueil !

NOS DÉSASTRES

A la mémoire des Cuirassiers de Reischoffen. (*)

Je ne veux pas qu'on pense, en parcourant mes vers,
Je serais très-peiné surtout qu'on puisse dire
Que nos affreux malheurs, nos deuils et nos revers
Semblent indifférents aux accords de ma Lyre.

Mon sein n'enferme pas un cœur assez pervers
Pour rester sans tourment, en voyant le martyre
De mon pays blessé, honteux et qui soupire
Comme un pauvre captif accablé de ses fers.

Si de nos oppresseurs nous fûmes les victimes,
A quoi le devons-nous ? N'est-ce point à nos crimes,
A nos dérèglements, à notre oubli de Dieu ?

Français, si nous voulons laver tant de souillures,
Venger notre désastre et guérir nos blessures :
Prions et retournons contrits dans le Saint Lieu.

(*) Je veux donner une preuve d'admiration à la mémoire des braves tombés dans cette malheureuse affaire, en leur dédiant ce Sonnet. Que le trop petit nombre de ceux qui ont survécu reçoive le même témoignage.

LA POMME

A MON AMI D. REBOUILLON

J'ai rêvé cette nuit qu'Adam, notre grand-père,
Disait en admirant son terrestre jardin :
« Ne trouverai-je point un être pour lui plaire,
« Pour partager ma joie et charmer mon destin. »

Il demandait au Ciel, à l'aube du matin,
A la brise du soir, à la fleur printanière,
L'idéal de son cœur, cette image si chère
Que son esprit voyait comme un charme incertain.

Il s'assit sous un arbre et fit un très-long somme.
A son réveil il vit Ève avec une pomme
Le suppliant d'y mordre... Il la mit sous sa dent,

Et mordit, oubliant la défense formelle
De Dieu, son Créateur ! Mais Ève était si belle
Que tout homme, à coup sûr, en aurait fait autant.

LA MORT DE CÉSAR

Les grands mots et les petites choses.
(Prov.)

Il aimait ses moutons, le berger du hameau,
Les grands bois, les prés verts, sa bergère et ses roses ;
Il chérissait aussi son joli chalumeau,
Mais il aimait César par-dessus toutes choses.

Son César n'était point un homme au front morose,
Orné de diamants, ni d'un royal bandeau ;
Par prudence il fallait, une fois la nuit close,
L'éviter, car c'était un chien hargneux, mais beau.

Par un soir très-obscur, brumeux, de chaleur douce,
J'allais, tout en rêvant et marchant sur la mousse,
M'égarer au milieu du paisible troupeau ;

Le chien vers moi bondit ; alors sans épouvante,
Je pris mon pistolet ; je lâchai la détente
Et César tomba mort sur les bords d'un ruisseau.

APRÈS GRAVELOTTE

A L'AMI BOURGUES, CAPITAINE AU 11ᵐᵉ DRAGONS

Dites-moi pourquoi, reine des coquettes,
Vos deux grands yeux noirs semblent en courroux ?
Dites-moi pourquoi les riches toilettes
N'obtiennent jamais un regard de vous ?

Pourquoi mépriser dentelles, bijoux,
Qui feraient tourner les plus jeunes têtes ?
Pourquoi dédaigner les nobles conquêtes,
Quand tout cœur de femme en est si jaloux ?

Vous fûtes toujours folâtre et rieuse,
De vos amoureux souvent trop moqueuse,
Quel chagrin en vous demeure obstiné ?

« Je souffre, dit-elle, et me désespère :
« Mon jeune promis est mort à la guerre
« Et traîtreusement fut assassiné !... »

A LA MÈRE DU CHRIST

Refugium peccatorum.

Je suis un criminel ; si le souverain Juge
M'assignait à l'instant au divin tribunal,
Il me condamnerait au tourment infernal ;
Mais, j'espère en ton cœur, Marie, ô mon refuge !

Car, puisque tu portas dans ton sein virginal
Celui qui dans son camp ramène le transfuge,
Qui détruisit Sodome et qui fit le déluge,
A son pouvoir le tien doit être presque égal !

Oui, dans l'Éternité, les élus et les anges,
Prosternés à tes pieds, disent dans leurs louanges,
Tous les maux qu'ici-bas ton cœur avait soufferts.

Par le sang de ton Fils, versé sur le Calvaire,
Et payant le rachat des crimes de la terre,
Tes larmes éteindraient tous les feux des enfers !

LA LUTTE

Il est de ces moments, dans l'existence humaine,
Où l'homme s'examine et se trouve si laid,
Si difforme au moral, qu'il gémit, se déplaît
Et conçoit pour lui-même un sentiment de haine.

L'esprit du mal en lui s'agite et se complaît
A le solliciter, le séduit et l'enchaîne.
Mais si l'amour du bien vers le devoir l'entraîne,
Il obtient sur lui-même un triomphe complet.

Lorsque la passion et la concupiscence
Viennent nous secouer et parler à nos sens,
Pour les dompter il faut des moyens bien puissants.

Dieu les accorde aux cœurs armés de vigilance :
Sans combattre et prier on ne pourra jamais
Changer, anéantir les coupables souhaits.

A UNE PRÉCIEUSE

Pour vous plaire il faudrait avoir bien peu de chose,
Du style, un blanc jabot, un gracieux maintien,
Une allure coquette, une main fine et rose,
Une voix sympathique, en somme presque rien !

Il faudrait éviter d'être froid ou morose ;
Vous applaudir en tout ; nul n'ignore combien
On doit prêter l'oreille à la femme qui glose
Sur le compte d'autrui sans en dire du bien.

Pardonnez à ma Muse, excusez sa franchise,
Traitez-moi d'étourdi, de Poëte insensé :
De chanter vos attraits je me suis dispensé,

Et de vous admirer je n'ai fait la sottise.
Je vous dirai pourtant, mais le dirai bien bas,
De garder votre cœur qu'on ne convoite pas.

MAUVAISE PART

A LA MÉMOIRE DE JEAN REBOUL

Vous désertez souvent le lit avant l'aurore,
Il faut en convenir, vous travaillez beaucoup ;
A la cour, dans le peuple, on affirme partout,
Et c'est avec raison, que le travail honore.

L'ardent ambitieux aime à braver surtout
Le soleil du tropique, et quand sa voix implore
La fortune, elle rit de celui qui l'adore,
Et dans sa cruauté le mystifie en tout.

Tristes cœurs égarés, oh ! pauvres cerveaux vides,
Vous courez après l'ombre et n'êtes point avides
De l'unique richesse et du souverain bien ;

Votre ambition n'est que néant et fadaise ;
Des deux parts vous avez choisi la plus mauvaise,
Puisque vous n'avez pas celle du vrai chrétien.

UN ÉLAN

Si vous voulez savoir tout ce que j'ai souffert
De votre indifférence , ah! je vais vous le dire :
Je vous ai tant chéri , méchant , que mon martyre
Surpasse les tourments du bagne et de l'enfer.

Si vous m'eussiez aimée , au lieu de vous maudire ;
J'eusse avec vous franchi les Alpes et les mers.
Vous pourriez aujourd'hui tarir mes pleurs amers
Par un seul mot d'espoir ou l'ombre d'un sourire.

Vous le voyez , ingrat, je tombe à vos genoux
Pour obtenir enfin un seul regard de vous :
Cédez à ma prière , ou soyez anathème !

Le jeune indifférent , vaincu par tant d'amour,
La releva soudain et lui dit à son tour :
Venez donc dans mes bras : maintenant je vous aime.

LE FRUIT SEC

Vous avez, on le sait, une fortune ronde ,
D'autres n'ont rien du tout , on le sait bien aussi
De gagner votre pain vous n'avez nul souci ;
Vous êtes , en un mot, un heureux de ce monde.

« Mes pères , dites-vous, ont été , Dieu merci ,
« Des hommes érudits , de science profonde ,
« Ils voyagèrent tous sur la terre et sur l'onde ,
« Et pour les imiter je veux partir d'ici.

« Quand je n'entendrai plus de mon pays la cloche ,
« Que d'or et de valeurs j'aurai plein ma sacoche ,
« On me proclamera savant et grand penseur,

« De mes dignes aïeux l'illustre successeur ! »
Il se berçait , le sot, d'une vaine espérance :
On hérite de l'or, mais non de la science.

LA REPENTIE

A M. CHARLES PONCY

> Les voleurs et les filles de mauvaise vie
> vous devanceront dans le royaume des cieux.
> (Év.)

Pauvre fille, expirant sur son lit de torture,
Dans un taudis immonde, un infect lupanar,
Et faisant ses adieux, par un dernier regard,
A cet amour vendu qui ne fut que souillure.

Son âme de Satan devait être la part ;
Mais Dieu prit en pitié cette humble créature,
Qui disait par ses pleurs et par sa voix impure :
« Pour revenir au bien, il n'est jamais trop tard ;

« Je regrette mes jours de joie et d'innocence,
« Les baisers maternels, terrestre paradis !
« J'entends encor ces mots qui doublent ma souffrance :

« Tu fais rougir ta mère, enfant, je te maudis. »
D'amour, de repentir, sa pauvre âme était pleine,
Elle monta vers Dieu comme la Magdeleine.

LA FRANCE COUPABLE

A LA MÉMOIRE DU ROI MARTYR

> Fils de Saint Louis montez au ciel.
> (L'abbé EDGEWORTH DE FIRMONT.)

Depuis ces jours maudits de terreur, de souffrance,
Jours voués à Satan : Ignores-tu pourquoi
Tu n'as plus de repos, ô malheureuse France ?
C'est que tu fis tomber la tête de ton Roi.

Depuis lors le bonheur s'est éloigné de toi,
Tu n'as plus ta valeur, ta gloire, ta puissance ;
En ton Dieu protecteur tu n'as plus cette foi,
Qui préservait ton sein de l'horrible démence !

A genoux, il est temps ! Que ton cœur consterné
S'ouvre enfin aux remords ! Que ton front prosterné
Frappe le sol qui but le sang de ta victime !

Et touché par tes pleurs, le Roi, grand, magnanime,
Du ciel pardonnera ton atroce forfait.
Dieu pardonnera-t-il ? Hélas ! nul ne le sait.

LA LYRE BRISÉE

Dans vos moments perdus et de mélancolie,
Avec recueillement, au fond de ce boudoir
Coquet et parfumé, que lisez-vous le soir ?
« Vos vers pour m'endormir ! Excusez ma folie,

« Me dit-elle en riant ! Quand je sens mon œil noir
« Se fermer sur vos chants, je m'emporte et j'oublie
« Que vous êtes poli, que je vous humilie,
« Et pourtant, malgré moi, je leur dis : à revoir ! »

Cet aveu me glaça comme un coup de tempête,
Et je me dis alors : tais-toi, pauvre Poëte,
Les vers qui font dormir deviennent superflus.

Qu'à détruire mon Luth ma volonté s'efforce,
Avec la Muse, allons ! que je fasse divorce ;
C'est fini, désormais je ne chanterai plus !

TABLE

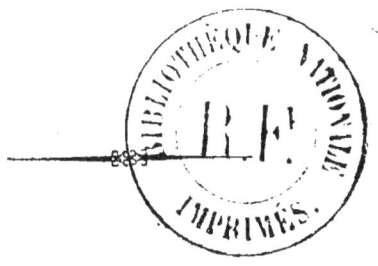

Brignoles. — Typographie de A. VIAN, rue du Portail-Neuf, n° 3.

BRIGNOLES. — IMPRIMERIE DE A. VIAN, RUE DU PORTAIL-NEUF

www.ingramcontent.com/pod-product-compliance
Lightning Source LLC
Chambersburg PA
CBHW061743180626
46818CB00006B/2723